삶은 언제나
아름다웠으리라…

비워가는

여

행

瑞浩 金成南

올리는 말씀

인생은 마음먹고 생각하기에 따라 순간순간
내가 만들어 가는 것이고
세상살이 지쳤던 마음, 하늘빛으로 물들이며
지금 이 순간 살아있음에
황홀한 기쁨을 조용히 한껏 느껴보는 것이지요.

잠시 걸음을 멈추고 꽃과 눈높이를 맞추며
파란 하늘에 흘러가는 흰 구름을 보면서
나는 어디에서 와서 어디로 가는지
문득 생각하면 되는 것이고
다람쥐 쳇바퀴같이 돌아가는 일상 속에서
깜빡 잊고 있는 내 안의 나와 마주하는 순간,
그 또한 가장 뜻깊고 멋진 여행이 아닐는지요.

꽃은 누구에게 뽐내려고 피는 게 아니고
철 따라 그냥 피고 또 지는 것이고
세상의 모든 꽃이 아름답기 그지없는 이유는
자신의 존재를 자랑하지 않고
그냥 자기다운 모습으로
자연스레 머물다 가는 것이기에
말 한마디 없이 세상의 영혼을 살리는 꽃처럼
진실한 삶의 모습으로 세상의 빛이 되는 것입니다.

인생이라는 영원한 숙제 앞에
조금씩 익어가는 자신의 모습을 보면서
하늘에 구름 흐르듯 대지에 강물 흐르듯
즐겁고 행복한 마음으로 가볍게 또 가볍게

오늘의 길을 걸으며 지상에서의 한 생,
희로애락의 그네를 타고 즐거운 삶 행복한 인생에
몸도 마음도 평안히 가볍게
저 구름처럼 흘러 흘러서 가면 그뿐 아닐는지요.

이 시집을 꿈결인 듯 살아가는 인생이라면
가득 채웠던 욕심의 배낭을 조금씩 비우며
머릿속 복잡한 생각은 덜어내고
가슴 하나만 잘 챙겨서 열린 들판, 열린 삶으로
기쁘고 행복하게
함께 비우자고 조심스럽게 건넵니다.

그지없이 행복하소서!

瑞浩 金成南 올림

차례

올리는 말씀

나그네 인생(人生)길

촐랑대면
강이 아니지

들길도 지나고
산길도 굽이돌며

세상의
모든 길을

저 먼
바다에까지

쓱 가 닿아야
진짜 강이지

촐싹거리면
좋은 삶이 아니지

비워가는 여행

기쁨과
행복의 길도

슬픔과
고통의 길도

희로애락(喜怒哀樂)의
나그네 인생(人生)길

강물처럼 흘러
흘러가다가

죽음의 바다 품에
평안히 안겨야

정말로
좋은 인생(人生)이지

가을비

추적추적
내리는 가을비

나무들이
가만히 맞고 있다

서서히 단풍
물들어 가는 나뭇잎들

어느새 많이
퇴색한 초록빛이다

봄비는
파릇파릇한 느낌인데

가을비는
어쩐지 쓸쓸하다

지금도 내리는 비에
촉촉이 젖은 세상

한 점의 풍경화다
외로움이 묻어나는

희망의 봄비
쓸쓸함의 가을비

두루 겪으며 알록달록
깊어가는 생(生)…

마음의 풍선

아무리 작은 풍선도
속이 비어 있으면

하늘 높이
날아오른다.

덩치가 큰 풍선이라도
쇳덩이가 안에 들었으면

맥없이
추락한다

행복의 하늘에
오르는 건

산더미 같은
금덩이가 아니라

비워가는 여행

욕심을 비운
가벼운 마음인걸

지금 내 마음의
풍선은

하늘을
날고 있을까?

아름다운 낙엽

빛 고운 단풍이
예쁘다는 건

두말할
필요도 없지만

가지를 떠나
대지에 입맞춤하는

낙엽도 가만히 보면
참 예쁘다

새봄의 푸른 잎부터
세 계절을 힘차게 달려와

생의 정점을
찍은 다음에는

아무런 미련 두지 않고
순순한 대지로 내려서는

낙엽의 겸허한
자기 비움의 모습

눈물겹게
아름답지 않은가

공수래공수거(空手來空手去)

빈손으로 왔다가
빈손으로 가는 거다

너도 그렇다
나도 그렇다

지금 손에 뭘 많이
움켜쥐고 있다고 해도

하나도 남김없이
놓아버려야 할 날이 오리니

소유에 집착하지 말자
가진 것의 노예가 되지 말자

되도록 홀가분한 몸과 마음으로
나그네 인생길 걸어가자

비워가는 여행

한철 피었다가 순순히 지는
한 송이 들꽃같이

욕심 없이 자연스럽게
한세상 살다가 가자

초목(草木)의 사랑은
짧은 한순간이기에…

낙엽을 보노라니

한 잎 낙엽을
가만히 들여다보라

숨을 멈추고
두 눈을 활짝 뜨고

빛바랜 낙엽의
몸 구석구석

작은 실금들
하나하나

천천히 살펴보아라.
지상에서 한철

햇빛과 바람
소낙비와 찬 이슬

삶의 희로애락(喜怒哀樂)
두루 겪은

파란만장한
한 생(生)이

문득 보이고
느껴지리니

오늘에게

간밤에
잠에서
깨어나 눈을 뜨면

어느새
내 곁에
와 있는 너

네가 나를
찾아오도록
애쓴 것 하나 없는데

날마다
어김없이
나를 찾아주는구나

네가 있어
나는 사랑도 하고
갖가지 일을 할 수 있는데

비워가는 여행

이렇게
고마운 널 위해
무엇을 해주면 좋겠니?

둥지의 깊은 잠은
어제도 오늘도 하루를 만든다

새해에게

삼백예순다섯 개의
태양이 지고 뜨는 날 동안

낡은 마음
훌훌 털어 버리고

사랑과 감사의 마음으로
바뀌어야 새해이지요

지난날의 가슴 아팠던 기억들은
마음 편안히 털어 버리고

가슴 가득
희망의 기운 불어 넣어보리.

땅에 발붙여 살면서
틈틈이 하늘도 바라보고

비워가는 여행

너른 마음 푸른 영혼으로
순간순간 기쁘게 살아가면서

삼백예순다섯 날에는
좋은 일이 더 많기를 소망하리

비워가는 여행

하늘에 흐르는
구름을 바라보면서
나는 오늘도 지상의 길을 걷네

세상살이에 지쳤던 마음
하늘빛으로 물들이며

분주한 시침 따라 살아가는 인생길
이제 괴로움 다 내려놓고

사랑과 우정
자유와 평화를 좇아
발길 닿는 대로 즐거이 걸어가면 그뿐

비워질 배낭을 새롭게 채우며
행복한 여정길 기대해 본다

지상에서 잠시
머물다가 가는 인생

가만히 생각해 보면
마치 바람 같은 일인데…

온 하늘이 구름의 길이요
온 허공이 바람의 길이듯

머릿속 복잡한 생각은 지우고
가슴 하나만 잘 챙겨가야지

내 인생의 길 또한
딱히 정해진 것은 없으니

비워야지 비워가야지!

드넓은 세상의 다채로운
삶의 모습을 보고 느끼면서

마음의 가둔 맑은 향기
온몸에 스며들며
비워가는 길은 향기로워라

한 마리 새
은빛 날개 활짝 펼치고
푸른 하늘로 날아가듯이

이 세상에 와서
다시 흙으로 돌아갈 때까지

비워가는 여행은

이러쿵저러쿵해도
기막히게 복된 일이다

　　　　　　　　　　　　비워가는 여행

환갑을 자축하는 시

오늘로 내 나이
예순한 살

지나온 세월이
한줄기 바람같다

이만 일천구백일흔
여섯 개의 태양이 뜨고

또 그만큼의
노을이 서산을 넘었지

바람같이 구름같이
흐르는 세월이지만

돌아보면
기나긴 날들이었네

이제 지상을
거니는 발걸음에도

이따금
고단함 묻어나고

가슴속 쌓인 삶의 기쁨과 슬픔
강물 되어 흐르니

너른 자연 세계 속의
작은 나의 존재가 보이고

삶과 죽음
또 있음과 없음이

한 동전의
양면임이 느껴지네

비워가는 여행

육체는 날로 쇠하나
정신은 더 깊고 새로워지니

참으로 기쁘고 복된 날
나의 환갑날이여

나머지 나그네 인생길
가벼운 마음으로 걸어가리라

겨울연가

한철 피었다가 지는
꽃같이

겨울도 우리 곁에
잠시 머물다 가는 것

겨울이 깊어지면
깊어질수록

겨울이 떠나갈 날도
차츰 가까워지나니

살을 에는 칼바람
사정없이 불어온대도

춥다고 너무 춥다고
겨울을 미워하지 않으리

지는 꽃같이
서서히 지는 겨울인걸

한철 맘껏 피었다 가라고
진심으로 말하리

꽃 피는
새봄이 오는 그날까지

아내에게

낮이나 밤이나
내 맘속에 있네

한집에서 같이 살고
한 침대에서 자면서도

하루에도 몇 번은
문득 보고 싶어지네

우리 처음 만난 그날부터
많은 계절이 지난 지금까지

늘 변함없이
나를 다정히 대해 주었지

짜증은 가뭄에 콩 나듯 했고
꽃처럼 밝은 미소 떠나지 않았지

내 생의 보석

내 삶의 기쁨이며 행복

오! 하늘만큼 땅만큼

내가 사모하는 당신

내 나이 딱 백 살이 되는

그때도 당신은 내 곁에 있을거죠?

미안해 낙엽아

세상살이가
상처로 얼룩지는 일이란 걸

벌써 오래전에
가슴 깊이 깨달았으면서도

낙엽을 주울 때면
곱고 예쁜 것들만 골랐다

상처투성이 낙엽들을
못 본 체하고

되도록 상처 없는 낙엽들만
보석처럼 편애했다.

가슴속에 감춘
크고 작은 상처들이 많은 나

누군가 그 상처들을
따뜻이 품어주기를 바라는 내가

상처 입은 낙엽들에게
몹쓸 짓을 한 거다

한잎 두잎 지는 낙엽이 눈에 드니
어쩌면 생은 쓸쓸한 만큼 깊어지는 것

설거지의 기도

한
끼니의 밥을
맛있게 먹고 난 후

음
식을 담았던 그릇을
깨끗이 닦습니다

아
침부터 밤까지의
하루의 삶을 마치고 나서

온
종일 마음에 낀 먼지를
말끔히 씻어내게 하소서

그
릇의 설거지로
다음번 식사를 준비하듯이

마
음의 설거지로
내일의 삶을 준비하게 하소서

누워 있는 낙엽

낙엽이 누워 있는
길을 걸어가네

보도블록 사이사이
낙엽을 피해 발걸음 딛네

세상 살아가며
죄를 많이 짓는 내가

어찌 낙엽을
함부로 밟을 수 있으랴

기어코 겨울 넘어
연초록 새순으로 돋아

한철 푸른빛으로
온 세상 환히 밝히고

잠시 온몸
고운 단풍 물들었다가

이제는 떠나야 할 때
고분고분 목숨을 거두는

저 작은 한 잎 한 잎마다
성스러운 생의 자취를…

마음속의 수건

햇빛 잘 드는
앞 베란다 창문가

건조대에서
뽀송뽀송 마른

수건들을 걷어
차곡차곡 정리하면서

내 마음도
반듯하게 접습니다

하루에 몇 번은 거울 앞에 서서
얼굴을 살펴보듯이

살아가면서 틈틈이 꽃 앞에 서서
마음을 들여다봐야 할 것 같다

　　　　　　　비워가는 여행

살아가는 일이 힘겨워
한숨짓고 울고 싶을 때

주저하지 말고
맘껏 속 시원히 우세요

내 마음속에 수건으로
당신의 아롱아롱 눈물

나의 눈물인 듯
깨끗이 닦아 드릴게요

영혼의 빛깔

한 장의 푸른 잎이
빛 고운 단풍이 되려면

비바람 속 긴긴
인고(忍苦)의 시간이 필요하다

한 사람의 영혼이
그윽한 빛을 띠기까지는

오랜 세월
어쩌면 한평생이 걸린다

지금 내 영혼의 빛깔이
보기 흉하다고

슬퍼하지 말자
너무 부끄러워 말자

비워가는 여행

푸르던 잎
이윽고 단풍 물들 듯

나의 영혼도
마침내 고운 빛 되리니

애틋한 사랑

지상을 거니는
나그네 인생길에서

모든 만남에 끝에는
이별이 있다

미치도록 사랑하는
사람들과도

때가 되면
헤어지게끔 되어 있다

영원한 만남
영원불멸의 사랑은 없어

이별이 종종걸음으로
다가오고 있으니

아직 만남이
이루어지고 있는 동안

매 순간 최후의 만남이라 여기며
더욱 애틋이 사랑하리

잊지 않을게

방금
가지를 떠나서

허공에 나부끼는
너

단풍이
낙엽 되는 것

찰나요
한순간이구나

지상에서 한 생(生)
이루고 가는 너를

잊지 않을게
가슴속 깊이 담아둘게

낙엽 한 장
바람에 날려

허공에 맴돌다
대지와 입맞춤한다

인생(人生) 고갯길

인생(人生)길은
굽이굽이 고갯길

한 고개를 넘으면
저기 또 한 고개 있어

숨 가쁘고 힘들 때도
많이 있다네

그래도 큰 한 고개를
있는 힘껏 넘으면

편안한 내리막
한동안의 느긋한 쉼도 있어

다음 고개를 넘을
용기와 기력이 샘솟는다네

이렇게 한 고개 한 고개
넘어가다 보면

저만치 목숨의 끝이
다정히 손짓할 날도 오리니

내 발길 닿는 고갯길마다
삶의 기쁨을 노래하리

나의 생(生) 나의 존재(存在)도
저 흰 구름과 닮았으리

발에게

양말의 어둠 속
신발의 갑갑한 속에 갇혀

날마다 얼굴 없이
살면서도 싫은 기색 없이

땀에 푹 절도록
온 세상 구석구석

열심히 걷고 뛰어다니는
우직한 너

네가 있어
네게서 풍기는 고린내 있어

지금 이 순간에도
세상이 돌아간다는 걸

너는 아는가 모르는가
말 없는 성자(聖者)여

굳세고 아름다운
발이여!

지상에서 한 세월
희로애락(喜怒哀樂)의 재밌는 여행을 하자

가을비

오늘은 양력 십일월
열이튿날

끝물 단풍
곱기도 고운데

보슬보슬
가을비 내린다

지상에 고요히
누워 있는

울긋불긋 낙엽들의
몸이 젖어 든다

자연의 순리에 따라
한철 살다가 가는

비워가는 여행

낙엽들의 거룩한 생의
수장(水葬) 같다

한 잎 낙엽 되어
너도 나도

언젠가는 이 땅을
총총 떠나야겠지

해 저물녘 가을비
이 가슴 쓸쓸히 적신다

상처

상처 없는 꽃
세상에 없다

제아무리
고와 보이는 꽃도

자세히 들여다보면
상처투성이다

상처 없는 사람
세상에 하나도 없다

아무리 행복하고
상처 없이 보이는 사람도

가슴속은 남몰래
상처로 얼룩져 있다

비워가는 여행

상처 입으며 꽃은 피고
사람도 살아가느니

상처 있다고 슬퍼하고
부끄러워 말자

상처 없는 것은
가짜밖에 없는 것을…

동장군에게

살인적인 한파로
온 세상을 점령해버린

너의 기세등등함이
오늘은 그야말로 빛난다

모진 칼바람 앞에
죽은 것 같은 겨울나무들

꽁꽁 얼어붙은 거리와
추워 몸서리치는 사람들

하지만 꼭
알아줄 게 하나 있다

네가 제아무리 심술부려도
머잖아 봄이 오고야 만다는 것

비워가는 여행

삼한사온(三寒四溫)이라는
오래된 말이 있듯이

막강해 보이는 너의 시대는
사실 잠시뿐이라는 것

겨울이 깊을수록
따스한 봄이 더 가까워지리

맑은 영혼

영혼이 맑은 사람은
자기를 티 내지 않는다

나 여기 있다고
수다스럽지도 않고

나를 좀 알아달라고
안달을 떠는 법도 없다

그냥 들꽃같이
조용하고 다소곳하다

그런데도 사람들은
느낌으로 금방 알 수 있다

단 하루 동안에도
아침과 밤이 찾아오고

밝음과 어둠이
쉼 없이 교차하듯이

사람의 영혼도
시시때때로 변하는 것

꽃향기 바람 타고
멀리멀리 날아가듯

하늘이 제 모습
감출 길 없듯

해맑은 영혼이 풍기는
은은한 그 향취

우리 마음에 와닿아
생명을 살리는 기운이 되고

죽음을 진지하게 성찰(省察)하면
날로 삶의 깊이가 더해진다

언젠가는 내가
부고(訃告)의 주인공이 될 것이기에…

　　　　　　　　　　　　　　　비워가는 여행

부부의 길

꽃 피고
잎 지는

알록달록한
인생살이

눈빛으로
사랑하고

마음의 거울로
비쳐 보는 우리 부부

이 세상
따로 태어나

그 인연
어디에서 왔기에

두 몸이 함께 만나
한 몸이 되었을까요

때
묻지 않은 당신의

순수한
영혼이기에

당신의
체온으로

이 몸 살아간다
말하렵니다

이 길 끝에
무엇이 있는지 몰라도

고마워요
사랑해요

이 몸 또다시
흙이 되는 그날까지

우리 부부 변치 않는
사랑을 노래하며…

소주에게

삶이 기쁘고 즐거운 날에
너는 왠지 단맛이 난다

삶이 슬프고 괴로운 때엔
너는 내 맘같이 쓴맛이 난다

삶이 기쁠 때나 슬플 때나
늘 나와 함께 하며

이심전심으로
말없이 나랑 통하는 너는

내 인생길의
한결같이 다정한 벗

나의 웃음도 눈물도
너는 익히 알고 있으리

초록빛 병에 담긴 맑고
투명한 이슬 같은 네가 있어

한세월 굽이도는 인생길이
마냥 외롭지만은 않으니

하늘이 술을 내리니 천주(天酒)요
땅이 술을 권하니 지주(地酒)라!

오늘밤은 너의 건강을 위해
건배!

코스모스

한 세상
더도 덜도 말고

너같이 그냥 너같이만
살다가 가면 참 좋겠다

바람에 흔들릴지언정
쉬이 꺾이지 않고

얼굴 찡그리지 않고
마음 찌푸리지 않고

코스모스처럼
단아하게

명랑한 웃음
가벼이 춤추는 마음으로

세상의 들녘 한 모퉁이에서
조용히 살다 가고 싶다

세월의 바람에
흔들리면서도

코스모스처럼
꺾일 듯 꺾이지 않으며

순수한 감정의
꽃 하나로 피고 지고

단순하면서도
깊은 한 생(生) 살다 가는 거지

오! 부끄러워라

가을비 찬가

추적추적
내리는 가을비

나무들이
가만히 맞고 있다

서서히 단풍
물들어 가는 나뭇잎들

어느새 많이
퇴색한 초록빛이다

봄비는
파릇파릇한 느낌인데

가을비는
어쩐지 쓸쓸하다

지금도 내리는 비에
촉촉이 젖은 세상

한 점의 풍경화다
외로움이 묻어나는…

희망의 봄비
쓸쓸함의 가을비

두루 겪으며 알록달록
깊어가는 생(生)…

애틋한 기도

내 가슴속
밤낮으로 있는

오랫동안 사모해온
사랑스런 그대

세월 가도
변함없이 예쁜 꽃

우리도 언제
이별하게 될지 모르니

푸른 하늘 아래
우리의 심장이 뛰는 동안

알뜰히 빛 고운
사랑으로 물들여 가세

한날한시에
세상 떠나면 좋겠지만

그럴순 없다면 네가
나보다 먼저 가기를…

죽음의 강이 가로놓인
절절한 이별의 아픔일랑

뒤에 남은 내가
오롯이 감당할 수 있도록…

구름의 노래

사방팔방
끝없는 하늘에서

내가
어디로 흘러갈지

언제 스러질지
알 수 없지만

아무것도
걱정하지 않는다

나의 있음과
나의 없음

내 뜻대로
되는 게 아닌걸

비워가는 여행

내가 생겨나고
또 사라지는 것

자연스러운
운명으로 여겨야지

나도 하늘 품속에서
가볍게 즐겁게

잠시 흐르다가
가면 그뿐 아니던가!

달력

일 년 열두 달이 담긴
달력이 참 얇다

하루는 더러 지루해도
한 달은 눈 깜빡할 새 지나니

일 년도 어찌 보면
한순간이다

올해로 내 나이
어느새 예순하고도 다섯

앞으로 남은 생
얼마인지는 몰라도

내 손에 한 장 한 장
찢겨나갈

달력의 두께는
얼마 되지 않으리

　　　　　　　　비워가는 여행

경고등 같은
빨간 숫자가 번쩍이는

달력을 바라보며
문득 등골이 오싹하다

내 지상의 생(生)에
나이테 한 줄 그어놓고서

아련히 멀어져 가는
올해여…

청춘의 날은 가고 없으니

얼마쯤 남은 세월에
나는 무엇을 할 것인가!

태초(太初)부터 영원(永遠)까지
바람은 쉼 없이 모양도 없이 흘러만 가네

성(聖) 낙엽

가을이 깊다
낙엽은 더욱 깊다

황홀한 봄날
불타는 여름의

푸르던 한 생(生)
고이 접고

온몸이 나래 되어
온 마음이 무(無) 되어

한마디 말없이
한 치 미련도 두지 않고

훌훌 떠나는
저 비범한 낙하

비워가는 여행

문득
나는 듣네

작고 여린 것이
툭 던지는 무언의 화두(話頭)

너는 얼마나 깊니?

13,870일

1987년 5월 1일부터
2025년 5월 1일까지

삼십팔 년
일만삼천팔백칠십일

첫 만남의 순간에
예감했던 대로

우리는 서로
좋아하고 사랑하여

오늘까지
함께 살고 있다

강물같이 흐르는
세월 따라

우리의 만남도
적잖이 나이가 들었네

비워가는 여행

나그네 인생길에도
사계절이 있다면

이제 우리 둘의 사랑살이
가을쯤 가닿았을까

한 잎 꽃잎처럼 피고 지는
단 한 번의 목숨이기에

보석보다도
더 귀한 너와 나의 시간

강물이 흘러 흘러서
이윽고 바다에 이르듯

우리의 사랑 또한
날로 더욱 깊어지리라

소낙비

하늘과 땅을
시원하게 이으며

오랜만에 주룩주룩
소낙비 내리면

가슴속 가만히
잠재웠던 그리움

소스라치게
기지개를 켠다

사랑의 기쁨도
삶의 괴로움과 슬픔도

이따금 소낙비같이
찾아오기를…

비워가는 여행

지상에서 나그넷길 가다가
슬픔의 소낙비를 만나

개울물같이 얕은 나의 생(生)
깊은 강물이 되네

아득한 거리의 하늘과
땅 사이를 쏙 이어지듯

나의 그리운 마음
네게로 와락 가닿고 싶다

라일락 향기

작년 봄에
떠나보내고

꼬박 네 계절을
손꼽아 기다려온

라일락의
은은한 향기

봄바람에
실려 오는데

아무리
바쁜 걸음이라도

멈추지
않을 수 없지

코끝을 맴돌아
가슴속까지 파고드는

연보랏빛
고운 꽃의

아련한 추억의 향기
그윽한 영혼의 향기여

목련에게

겨우내 겪으며
힘들게 피어나선

온몸이 날개 되어
허공을 훨훨 날며

딱 며칠
지상에 머물다가

미련 없이
떠나가는 네게

올봄에도
똑같이 물어보느니

보고 또 보아도
해맑은

너의
눈부신 하양은

그냥
겉모습의 얼굴인가

보이지 않는
네 영혼(靈魂)의 빛인가

비와 그리움

아득한 거리의
하늘과 땅 사이를

사뿐히 잇는
비가 내리는 날에는

사랑하는 사람이
성큼 그리워진다

서로 멀리 떨어져 있어
몸으로는 만날 수 없어도

주룩주룩 내리는 빗속에
그리움이 날개 펴면

사랑하는 사람이
어느새 내 맘속에 있다

나의 두 손 가득한
모래알의 개수를

다 셀 수 없듯이
내 맘속 내 가슴속

널 향한 그리움도
헤아릴 수 없으리

삶의 위로

혼신(渾身)의 날갯짓을
쉼 없이 하지 않고서야

어찌 새가 자유의 허공을
훨훨 날 수 있겠는가

긴긴 여름의 폭염과 비바람을
숱하게 경험하지 않고서야

어찌 푸른 잎이
빛 고운 단풍이 될 수 있겠는가

살아간다는 것은
말처럼 쉽지 않은 일이어서

이 세상의
어느 생명이라도

삶의 고통과 시련을
겪어야 하느니

왜 내 삶은 이다지도 힘들까
느껴보고 눈물 나는 날에도

본디 삶은 이런 게 아니겠냐고
가만가만 마음을 다스리자

무명시인

유명시인이 쓴 시들 중에도
별로인 게 엄청 많다

빛 좋은 개살구
비슷한 시들이다

무명시인의 시들 가운데도
진짜 좋은 시들이 있다

한 마리 새의 노래
세상에 즐거움을 가져다주듯

하늘에 흘러가는
흰 구름 하나

가슴 깊이 울림을 주는
기막힌 서정시다

비워가는 여행

별로 멋 부리지 않았는데도
깊은 감동을 주는

세상 사람들이 그대 이름은 몰라도
그대의 시 하나에 울고 웃는다면

무명시인이여
그대야말로 진정 행복한 시인이다

영혼의 세탁

땀내에
절은 옷들

세탁기에
돌린 다음

바람과
햇살 좋은 곳에서
얼마쯤 말리면

새 옷같이
깨끗하고
뽀송뽀송하다

복잡한
세상살이에
찌들고 때 묻은 영혼

자연의
바람과 햇살
한줄기 쬐면

새
영혼같이
맑고 순수해질 수 있으리

영혼의 뜨락

남들은
잘 모르지만

내 영혼은 문득문득
외롭고 춥다

겉으로는
웃는 얼굴이지만

이따금 속으로
남몰래 눈물짓는다

그래도 내 영혼의
뜨락에는

늘 한줄기 밝고
따스한 햇살 있으니

비워가는 여행

있는 그대로의 내 모습
받아주고 보듬어주는

꼭 날개 없는 천사 같은
나의 아내 나의 신부

벚꽃의 노래

머칠 뒤
나의 몸은

꽃비 되어
땅으로 내려도

나의 영혼은
가벼이

푸른 하늘로
오르리

지상에 잠시
머물다 가는

나의 몸
나의 목숨이지만

비워가는 여행

나의
해맑은 영혼은

뭇사람들의 기억 속에
오래오래 살아있으리…

꽃과 아내

예
쁘게 피어 있을 때만
꽃이 아니다

쓸
쓸히 지는 꽃도
어엿한 꽃이다

젊
고 예쁠 때만
사랑스런 아내가 아니다

늙
어가면서도
아내는 여전히 사랑스럽다

지
는 꽃이 더욱
눈물겹게 아름답듯이

나
이 들어가면서
아내의 어여쁨도 더해간다

여행자의 노래

하늘에 흐르는
구름을 바라보면서

나는 오늘도
지상의 길을 걷네

끝없이 너른 세상
수많은 갈래 길이여도

겁먹고 주저앉을 것
하나 없네

사랑과 우정
자유와 평화를 좇아

발길 닿는 대로
즐거이 걸어가면 그뿐

　　　　　　　　　　　비워가는 여행

온 하늘이 구름의 길이요
온 허공이 바람의 길이듯

내 인생의 길 또한
딱히 정해진 것은 없네

나그네

빈손으로 왔다가
빈손으로 가는

나그네가
바로 너라는 걸

지금 네가
소중히 여기는

어떤 것도
너의 것이 아님을

잠시도
잊지 말아라

돈도
명예도

비워가는 여행

언젠가는
세월의 파도 앞에

거품이 되어
스러지고

죽도록
사랑하는 사람과도

결국은
이별인 것을…

소풍

한 폭의 거대한
풍경화 처럼

아름다운 세상에
태어난 것은

얼마나
축복받은 일인가

희로애락(喜怒哀樂)의
그네를 타면서

하루하루 나그네
인생길 걸음은

또 얼마나
재밌는 일인가

바람같이
흐르는 세월에

목숨꽃 질 날
머잖아 오리니

삶이 지루하단
생각은 말아야지

시시각각
변화 무쌍한

세상 풍경에
늘 가슴 설래며

오늘도 내일도
죽는 날까지

소풍 가는 맘으로
살아야지

인생의 잔

인생은 요약하면
아주 간단하다

잔 하나
채우고 비우는 일이다

잔이 비어 있으니 채우고
찼으니 비우는

이 채움과 비움의
반복적인 과정이 인생살이다

밀물이 있으면
썰물이 있듯

기쁨과 행복이든
슬픔과 불행이든

비워가는 여행

잔에 찼다가 비워졌다가
또 다시 찼다가 하다가

마침내는 깨끗이
빈잔 빈손으로 돌아가는 거다

꽃샘추위에게

긴긴 추운 겨울 너머
따스한 봄

손꼽아 기다리는 사람들은
너를 미워하겠지만

가만히 보면 너는
참 멋진 일을 하는 거다

겨울과 봄의
틈바구니에 끼여 살면서

가는 겨울에게는
아쉬운 작별의 시간을 마련해주고

오는 봄에게는 느긋하게
숨 고를 시간을 주면서

겨울과 봄이 한동안
사이좋게 공존하게 해주는

너의 속 깊은 마음 씀씀이
아름답기 그지없다

동그란 인생

엄마의
동그란 아기집에서

동그랗게 웅크린 채
열 달을 살다가

동그란 모양의
지구별에 손님으로 와서

동그란 태양의
따스한 빛을 받고

동그스름한 눈으로
세상 풍경을 구경하고

동그스름한 코로
달콤한 꽃향기를 맡고

비워가는 여행

동그란 입으로
이것저것 먹고 마시고

마음씨가 동그란 사람들을 만나
사랑의 기쁨을 맛보고

삶의 슬픔과 괴로움에
동그란 눈물방울도 맺히다가

동그란 무덤 속으로
들어가는 것

그리움의 꽃

꽃은 피고 지고
또다시 핀다

그래서 꽃의 생명은
영원불멸(永遠不滅)이다

나 어릴 적에
꽃같이 예뻤었는데

한 잎 꽃잎이 지듯
가만가만 떠나가신 엄마

이제 내 곁에
더 이상은 아니 있는데도

살아 계실 때보다
나랑 더 가까이 있다

밤낮으로 나의 맘

내 가슴속에서 웃고 계신다

지고서도 다시 피는

영원(永遠)한 그리움의 꽃으로!

엄마꽃

나 어릴 적 엄마 얼굴
목련같이 곱고도 고왔지

엄마 품속에 쏙 안기면
꽃향기 같은 게 풀풀 났지

세상살이가 어찌
기쁨뿐이었으랴 만은

늘 가족들에게
밝은 웃음꽃 피워주신

엄마가 있어 꽃같이
여린 듯 강한 엄마가 있어

나는 세상 아무것도
두려울 게 없었지.

세월이 많이 흘러
지금은 들꽃의 모습이지만

내 눈에는 여전히
꽃들 중에 으뜸으로 예쁘고

온 우주에 단 하나뿐인
귀하고도 귀한 꽃

우리 엄마!

엄마

엄마 뱃속에
열 달 동안 살았다

돈 한 푼 내지 않고
공짜로 세 들어 살았다

생살이 찢어지는 산고(産苦)로
세상의 빛을 보았다

엄마가 주는 젖과 밥 얻어먹고
내 목숨 지금껏 이어졌다

엄마의 보살핌과 수고로
키가 자라고 마음도 자랐다

엄마의 쪼글쪼글한 주름살만큼
나는 엄마에게 은혜를 입었다

비워가는 여행

늙고 볼품없는 엄마 있어
지금의 내가 있는 거다

엄마는 온 세상에서
가장 사랑 많고 거룩한 종교

날개 없는 지상의 천사
아니, 사랑의 신(神)!

인생

하늘에 한 점
구름이 흘러가네

한곳에 머물지 못하여
흘러 흘러서 가네

지상에 한 잎
꽃잎이 지고 있네

한철 잠시 피었다가는
속절없이 가네

목숨 붙어 있는 동안
지상을 거니는 인생살이도

한 점 구름이요
한 잎 꽃잎이라는 것

그래서 인생은
외롭고도 아름다운 것인 줄

왜 진작
깨닫지 못했을까

마음의 상처

몸의 상처는
세월 가면 아물지만

마음의 상처는
한순간 덧난다

네 맘 아프게 해
미안하다는 말 한마디

겸손히 용서를 구하는
그 한마디면

깨끗이 나을
마음의 상처들 수두룩하다

너나없이
가엾은 사람들인데

한시바삐 용서를 구하고
너그럽게 용서하며

그런 상처들
말끔히 없애고 싶다

빈손

인생(人生)은
공수래공수거(空手來空手去)

빈손으로 왔다가
빈손으로 가는 것

북망산천(北邙山川) 넘을 때
입고 갈

수의(壽衣)에는
주머니가 없어서

아무것도
가져갈 수 없는 것

지금 손안에
움켜쥐고 있는

아무리
좋은 것이라도

아낌없이
놓아버려야 할

그런 날이
언젠가는 오리라

흙이여

흙에서 와서
흙에서 나는 것을 먹고

흙을 밟으며
잠시 나그넷길 걷다가

언젠가 다시
흙으로 돌아가는

너와 나의 생은
얼마나 아름다운가.

흙같이 순하고 포근하고
깊은 마음 하나를

번쩍거리는 보석보다
더 소중히 여기며

비워가는 여행

비록 짧은 목숨일지라도
기쁘게 정성껏 살다가

한 줌의 고운 흙으로 편안히
끝맺음하는 생은 얼마나 거룩한가

너와 나의 처음과 끝이며
영원한 고향

흙이여!
엄마 품속 같은 흙이여!

삶과 죽음

삶과 죽음은
동전의 양면이다

죽음은
삶의 끝에 찾아오는

한순간의
일이 아니라

처음부터 끝까지
삶과 함께한다

그러므로 삶을
생각할 때

죽음도
같이 생각하라

죽음의 관점에서
삶을 바라볼 때

삶은 더 소중하고
진지하게 된다

구름처럼

쉼 없이 흐르면서
나는 살아요

이 몸이 작아도
하늘은 넓고 넓어

아직도 내가 흐를 곳
끝이 없어요

사랑의 기쁨도
이별의 슬픔도

흘러 흘러서 가는 것
이제 나는 알아요

한 송이 꽃이
피고 또 지듯이

비워가는 여행

나의 한 생도 그러한 줄
이제 나는 느껴요

지금 시름에 겨워서
울고 있는 그대여

슬픔에 지칠 만큼
너무 오래 울지는 말아요

그대의 마음을 가만히
흐름 속에 놓아요

무위(無爲)

하늘의 구름
참 가벼이도 흐른다

자신의 겉모양에 구애치 않고
무심히 흘러간다.

허공의 바람
그냥 흘러 흘러서 간다

마침내 닿아야 할 곳도 없이
어디든 막힘없이 간다.

들판의 꽃 하나
말없이 피었다 고요히 진다

잘난 체도 없이 의기소침도 없이
잠시 살다가 간다

뭘 기어코 이루고야 말겠다고
안간힘을 쓰지 않고

자신의 본래 모습대로
그냥 꾸밈없이 자연스러워

있음과 없음의 경계
편안히 넘나드는

자유로운 것들
참 복되고 아름다운 것들

구름의 노래

사방팔방
끝없는 하늘에서

내가
어디로 흘러갈지

언제 스러질지
알 수 없지만

아무것도
걱정하지 않는다

내 뜻대로
되는 게 아닌 걸

내가 생겨나고
또 사라지는 것

비워가는 여행

자연스러운
운명으로 여겨야지

한철 피었다 지는 꽃같이
나도 하늘 품속에서

가볍게 즐겁게
잠시 흐르다가 가면 그뿐

당신의 이름

하루에도 몇 번은
나도 모르게 불러봅니다

문득 마음속으로
가만가만 불러봅니다

그러면
곁에 없는
당신이 곁으로 다가와서

따스한
사랑의 손으로
내 어깨를 토닥여줍니다

이 목숨
다하는 날까지
매일 부르고 또 불러도

비워가는 여행

조금도

싫증나지 않을

맑고 아름다운 이름

나의 신부

나의 아내

은애(恩愛)!

삶과 죽음의 노래

세월의 강물에
몸담아 살다 가는

지상에서의 한 생
하루하루 강물처럼

유유히 흘러가야지
급할 것 하나 없이

큰 욕심 없이
지레 걱정도 없이

편안한 마음으로
살아가다가

어느 날 고요한
죽음의 바다에 가닿는 날

눈을 감으며
이야기하리라

나의
인생은 아름답고
충분히 행복했다고…

작은사랑

꽃이 크다고
더 예쁘고

꽃이 작다고
덜 예쁜 게 아니요

큰 사랑이라고
더 위대하고

작은 사랑이라고
하찮은 게 아니다

하늘의
눈부신 태양처럼

큰 사랑의
능력은 없어도

비워가는 여행

밤하늘에 빛나는
수많은 별처럼

작은 사랑을
수다히 하는 사람들은

누구라도
꽃같이 아름다우리

사랑의 병

불현듯
병같이 찾아오는

사랑에 푹 빠지면
가슴이 아리다

천국과 지옥을 오가며
현기증이 난다.

그런데도 사람들은
사랑을 꿈꾼다

사랑의 병을 앓지 못해
안달이 난다

사랑의 지독한 병을
기꺼이 자초한다

행복하면서도 괴로운
두 얼굴의 가슴앓이

사랑은 치료약도 없는
불치의 병

세상에서 가장
아름다운 병이다

먼지의 사랑

끝없이 너른
우주 속에서
한 점 먼지 같은

너와 내가
눈이 맞아 사랑을 하네

영원의
관점에서 보면
잠시잠깐의 목숨

바람에
지는 한 잎
꽃잎 같은 사랑인 것을

헐뜯고
미워하지 말자
서로 따뜻이 품어주자

너도 나도

작디작은

하나의 먼지일 뿐인 것을…

선물

지금까지
살아오면서 받은

많은 선물 중에
단연 돋보이는

선물이
하나 있습니다

내 나이
스물일곱해 때

만나서
결혼을 하고

서른아홉 해를
함께한 당신

세월이 가도 변함없는
꽃마음 꽃영혼의

당신처럼
소중한 선물은

내 평생에 단 하나뿐
오직 당신뿐입니다

아내 애(愛)에게

이 세상 모래알처럼 많은 사람들 중에
만난 우리 둘

당신과 내가 사랑하여
부부의 인연을 맺은 지도 오래

처음에는 우리의 만남
아름다운 우연이라 생각했는데

이제는 우리의 만남
하늘이 맺어준 필연이라고 느낍니다

세월가도 변함없는
해맑은 들꽃 영혼

영원한 사춘기인
만년소녀 애(愛)!

내게 있는 모든 것
구름처럼 덧없이 사라진다고 해도

오직 당신의 존재 하나
내 곁을 떠나지 않기를!

당신을 사랑하는 이 마음
영원히 변함없기를!

안개꽃 같고 또 들꽃 같은
아름다운 사람 애(愛)!

카네이션

사랑과 감사의 마음 담아
빨간 카네이션을 꽂아 드릴

부모가 모두 살아 계신 사람은
얼마나 행복한가!

하다못해
두 분 중 한 분이라도

아직 살아 계신 사람은
또 얼마나 행복한가!

어머니와 아버지
두 분 다 내 곁에 없어

내가 다가서 안길 품속
이제는 내 곁에 없어

비워가는 여행

하얀 카네이션 한 송이
내 자신의 가슴에 달아야 하네

오월 초순의
밝고 따스한 햇살 속

빨간 카네이션의 물결
거리마다 넘쳐나는데

오늘은 내게
슬프고도 슬픈 날

열 손가락

두 손에 빽빽이
자그마치 열 손가락

그냥 폼으로
달려있는 게 아니다

뭐든 좋은 일에
많이 사용해달라고

늘 준비하고
기다리고 있는 거다

엄지를 척 세워
아낌없이 남을 칭찬하고

틈틈이 새끼손가락 걸어
사랑의 언약도 해보라고

비워가는 여행

검지로 하늘의 해와 달과 별
산과 바다와 허공을 가리켜보고

손가락 꼽으며 삶의 기쁨과 슬픔
또 벗의 숫자도 헤아려보라고

사람의 손에는
태어나서 죽을 때까지

열 손가락이
보란 듯이 달려있는 거다

고향과 엄마

마음만 먹으면
갈 수 있는 고향이 있고

또 아직은 엄마까지
살아 계신다면

그 사람은
얼마나 행복한가

명절 때 찾아가는 고향과
늘 보고픈 엄마

이 둘 중에
하나만 갖고 있어도

그 사람은
얼마나 다행인가

찾아갈 고향도
찾아뵐 엄마도

지금은 둘 모두
세상에 없으면

그 사람은
얼마나 외로운가

나그넷길 1

어쩌다가
이 세상에 생겨나서

지상을 거닐고 있는
나는 나그네

사랑하는 가족이 있고
몇몇의 벗도 곁에 있지만

이따금 소스라치게
밀려오는 외로움의 파도

그래도 생각해보면
삶은 더없이 좋은 것

슬픔과 괴로움 사이사이
기쁨과 즐거움도 있는 것

비워가는 여행

하루해는 짧고
세월은 거미줄에 바람 스치듯 빠르니

목숨의 끝에 닿기까지는
가벼이 나그넷길 걸어가리

파란 하늘에
유유히 흐르는 흰 구름처럼…

가족의 노래

삶이
기쁘고 행복할 때
힘들고 괴로울 때도

우리는
한목소리로
마음 합하여 노래해요

끝없이
넓은 세상
수많은 사람들 중에

가족이라는 이름의
돛단배에 함께 타고서

인생살이의 바다를
항해하는 우리

비워가는 여행

때로
집채 같은 파도가 밀려오고
폭풍우 몰아치는 밤에도

서로의
지혜와 용기를 똘똘 모아
힘차게 노 저어 가요

겨울 햇살

칼바람 불어오는
혹한의 날씨 속에서도

이따금 따스한 햇살 있어
겨울나무는 행복하다

이 행복감이
삶의 든든한 버팀목 되어

꽃 피는 새봄까지
너끈히 견딜 수 있다

겉으로 티 나게
드러내지는 않으면서도

사시사철 우리 가족은
서로서로 햇살이 되어준다

이 보이지 않는 사랑이
힘이 되고 믿음과 희망 되어

우리 집에는 평안과 행복이
늘 함께 살고 있다

그리움의 축지법

사랑하는 사람이 곁에 없어도
슬퍼하지 말자

사랑하는 사람이 멀리 있어도
눈물 흘리지 말자

사랑하는 사람이 영영 갔어도
긴 한숨 쉬지 말자

조용히 눈을 감고
사랑하는 사람을 생각하자

그 사람과 더불어
행복했던 날들을 기억하자

몸은 서로 떨어져 있어도
마음으로 그 사람과 함께 하자

비워가는 여행

아스라한 시간
까마득한 공간

한순간에 훌쩍 넘어
그 사람과 하나 되게 하는

그리움의 축지법
그리움의 신비한 마술이 있으니

꽃물

봉숭아를
찧어 손톱에
곱게 물들이는 데도

하룻밤은
가만히
기다려야 한다

내 가슴이
그리움으로
빨갛게 물들려면

몇 밤을
하얗게
지새워야 하는 걸까

비워가는 여행

나의 꽃물이
네 가슴에
옮겨가기까지는

또
얼마나 많은
시간이 흘러야 할까

그리움

하루하루
내 가슴속에

차곡차곡
쌓여 가는
그리움

저축예금에
새록새록
이자 붙듯이

날로 더욱
풍선같이
부풀어간다

너는 모르게
내 마음속
사랑은행에 들어놓은

그리움의 적금
만기일은
언제쯤일까?

좋은 인생길

내가 걸어가는
인생길이

끝없이
평탄하기만 하면

처음에는
좋을지 몰라도

얼마 못 가서
싫증이 날 거다

힘든 오르막은
하나도 없고

내리막만
계속 이어지는

비워가는 여행

인생길은
세상에 없을뿐더러

설령 있다고 해도
큰일이다

숨 가뿐 오르막과
편안한 내리막이

교차하는 게
산행의 묘미이듯

오르막과
내리막길이

번갈아 나타나야
좋은 인생길이다

나그넷길 2

남
보다 앞서려고
뛸 필요 없다

조
급한 마음에
총총걸음도 아니다

느
긋이 피고 지는
꽃의 속도쯤이면 어떨지

세
상 풍경 눈에 담으며
천천히 걸으면 된다

비워가는 여행

서
둘러 간들
어차피 죽음이 기다리는 걸

나
그넷길은
느릿느릿이 제격이다

분홍빛 장미

혈기 왕성하던
젊은 시절엔

정열의 빨간
장미꽃이 좋았는데

머리에 흰 서리
풀풀 내리는

요즈음
분홍빛 장미에

마음이
더 끌린다

활활 타오르는
불꽃 열정은

비워가는 여행

이제
내게 없지만

그래도 삶과
사랑의 열정이

은은히
이어지기를

소망해서
그런 모양이다

코스모스

세상의 길을
바삐 걷다가도

네가
눈에 띄면

걸음을
멈출 수밖에 없다

아무리 삶이
힘들어도

명랑한 마음 밝은 웃음
꼭 지켜가라고.

그러면
바람같이 지나가는

비워가는 여행

지상에서의
한 생

그러저럭
살아낼 수 있다고

실바람에도 흔들리는
여린 듯 강한 모습으로

내게
말 걸어오는 너

봉선화

아파트 화단의 봉선화
몇 달째 건재하다

땡볕더위와 비바람
다 견디어냈다

겉보기엔 종잇장같이
얇고 여린 몸인데

보이지 않는 생명 의지는
보통이 아닌 모양이다

조석으로 냉기가 도는
초가을 날씨 속에

오히려 붉은 빛
날로 더욱 짙어져만 간다

죽어서도 누군가의
손톱발톱에

불멸의 사랑의
증표로 새겨질 핏빛

중년의 향기

하늘아래
자리잡은

술과 안주가 있는
터미나루

남루한
공간속에

중년의 향기
하늘에 피어 오르고

하늘도
향기에 취해

희열의 눈물
술잔 위에 떨어지네

　　　　　　　　비워가는 여행

나의 생
나의 존재도

저 흰 구름과
닮았으니

술잔 위에
떨어진 눈물

아니본 듯
마시노라

이 시대의 여인이여
마지막 주모여!

이 눈물로
술 한 병 담아 주구려!

사랑의 눈빛

사랑하는 사람들끼리는
말이 필요하지 않다

한순간에 스치는
서로의 눈빛만으로도

가슴속 깊은 얘기를
주고받을 수 있다

내가 너를
얼마나 간절히 원하는지

너에게 나는
어떤 의미의 존재인지

눈빛 하나로
찰나에 다 알 수 있다

입으로도 수다히
대화의 꽃을 피우지만

가슴속 진짜 하고픈 얘기는
말없이 눈빛으로 오가는

서로의 가슴속으로
사랑은 별빛같이 흐른다

칼바람에게

불어라 바람아
있는 힘껏 불어라

지금은 한겨울
너의 계절이니까

남의 눈치 보지 말고
미친 듯이 불어라

칼바람이라는
네 이름에 걸맞게

겨울나무의 알몸
사정없이 채찍질하며

오늘밤도 밤새
쉬지 말고 불어라

비워가는 여행

긴긴 겨우내
불고 또 불어서

네 힘이 잦아들어
이윽고 봄바람 되기까지

산에도 들에도
거침없이 불어라

바람의 독백

나는
한줄기 바람

모양과 빛깔
향기도 하나 없다

머물 집은커녕 평생토록
맨몸에 빈손이다

그런데도 삶의
매 순간이 행복이다

가진 게 없으니
얽매일 데도 전혀 없어

언제든지 너른 세상 어디로든
홀홀 떠날 수 있다

비워가는 여행

나의 간절한 바람은
딱 하나

무소유의 '흐름'으로
오래오래 사는 것

세월

올해 여름
며칠의 해외여행을 했다

인천공항에서 삿포로까지
세 시간 남짓의 비행

창가에 앉아 내다보니
끝없는 구름의 터널을 지날 뿐

엄청나게 빠른 속도로
날고 있다는 느낌이 전혀 없다

버스나 지하철을 탔을 때는
나름 속도감이 있는데

너무 빠르면
속도감조차 사라지는 모양이다

비워가는 여행

나의 목숨이 담긴 세월도
무진장 빠른가 봐

눈 깜빡할 새 나도 모르게
육십오 년이 지나갔으니…

송년의 노래

올해도 한 해가
소리 없이 저물고 있네

한 잎 꽃잎 지듯
쓸쓸히 지고 있네

정(情)이 들만 하니까
아쉬움 남기고 떠나가네

보내는 마음이야
서운하기 짝이 없지만

바람같이 흐르는 세월
잡을 수는 없으니

아차피 떠나갈 너라면
차라리 가벼운 마음으로 보내주마

비워가는 여행

내게 슬픔도 괴로움도 주고
굶주리지 않을 만큼의 기쁨도 베풀어

내 지상(地上)의 생(生)에
나이테 한 줄 그어놓고서

아련히 멀어져 가는
올해여!

천생연분

잉꼬부부만
천생연분인 게 아니다

세상에는 다채로운
천생연분이 있다

삶과 죽음은
그야말로 천생연분이다

삶이 있으니 죽음이 있고
죽음이 있으니 삶도 있는 것

그래서 이 둘은
더없는 천생연분이다

낮과 밤
밝음과 어둠

빛과 그림자
맑음과 흐림

사랑과 미움
기쁨과 슬픔

행복과 불행
희망과 절망

이것들 모두모두 떼려야
뗄 수 없는 사이

기막히게 어울리는 짝이요
천생연분인 것이다

사형수

사람은 누구라도
사형수입니다

위엄 있는 왕도
비천한 거지도

세상에서 잘난 사람도
볼품없는 사람도

모두 예외 없이
사형수의 몸입니다

태어날 때부터 죽음을 선고받은
똑같은 사형수입니다

사람마다 시간의 차이는 있지만
죽음은 반드시 찾아옵니다

이것은 영원불변(永遠不變)의
빈틈없는 자연법칙입니다

　　　　　　　　　　　비워가는 여행

종교도 철학도 과학도
이 법칙에서 벗어날 수 없습니다

그러므로 사람은
죽음 앞에 겸손해야 합니다

죽음을 향해 다가서는
자신의 모습을 기억해야 합니다

삶과 죽음이 맞닿아 있음을
늘 잊지 말아야 합니다

마치 영원히 살 것처럼
착각하지 말아야 합니다

너나 할 것 없이 평등하게
죽음의 형제자매이기 때문입니다

궁합

기쁨과 슬픔은
궁합이 잘 맞는다

기쁨에 겨워
가슴이 막 부풀어 오를 때

슬픔이 가만히 찾아와
지긋이 기쁨을 눌러준다

그래서 가슴 한구석
숨통이 트인다.

삶과 죽음도
기막힌 찰떡궁합이다

만일 죽음이 없어
삶이 영원히 이어지는 거라면

그런 삶은
지루하고 숨 막힐 게 틀림없다

다행히도 죽음이 있어
삶은 긴장되고 재미있는 거다

단풍은 알고 있을까

봄부터
푸르던 잎들

단풍으로
물들어 가며

하루가 다르게
깊어가는 가을

단풍이
되기까지는

오랜 기다림이
필요했지만

단풍에서 낙엽은
한순간인걸

비워가는 여행

절정의 단풍으로
달음박질하는

저 황금빛
단풍잎들은

알고 있을까
모를까!

몸에 대한 묵상

말하기보다 듣기를
갑절로 하라고
입은 하나 귀는 둘

사물을 볼 때는
어느 한쪽에 치우치지 말라고
오른쪽 왼쪽 눈 둘

생각하는 것보다
행동을 더 많이 하라고
머리는 하나 손은 둘

한곳에 머물러 있지만 말고
세상 여기저기 돌아다녀 보라고
두 개의 발

비워가는 여행

이 사람 저 사람과 스스럼없이
어울리면서 서로 기대어 살라고
이쪽저쪽 양쪽 어깨

누구를 사랑할 때는
일편단심(一片丹心) 잊지 말라고
단 하나의 심장

우왕좌왕하지 말고 늘
삶의 중심을 잘 지켜가라고
몸 중앙에 배꼽

행복

살아 있으니까
참 좋다

늘 머리 위에는
높푸른 하늘이 있고

발아래에는
끝없이 넓은 땅

가슴은 쉴 새 없이
힘 있게 뛰고 있고

마음은 구름같이
시시각각(時時刻刻) 흘러간다

두 눈 가득
다채로운 세상 풍경들

눈감으면 사랑하는
사람의 얼굴이 꽃 핀다

희망의 아침이 있고
고요한 안식의 밤이 있어

때로 찾아오는 슬픔의
그림자도 괜찮다

나는 살아있는 게
참 행복하다

아내의 발

한 침대에서
한 이불을 덮고 자는

떨어질 수 없는
한 쌍인 아내와 나

하루하루 고단한 삶에
늘 곤한 잠을 자는 아내가

이따금 무심결에
발을 내 배에 올려놓는데

참 이상도 하지
느껴지는 무게가 참 좋다

무겁기는커녕
마음을 편안하게 한다

우리 둘이 다정히
하나의 몸인걸

문득 깨닫게 해주는
아름다운 사랑의 무게

물같이 바람같이

아래에서 위로
거슬러 오르지 않고

위에서 아래로
자연히 흐르는 물같이

세상에서 남을 이기려고
아등바등하지 말고

그냥 나다운 모습으로
하루하루 맘 편히 살자

어디에든 무엇에든
얽매임 없이

흐르고 또 흐르는
자유의 바람같이

비워가는 여행

삶의 기쁨과 슬픔에
잠시 머물다가도

미련 없이 떠날 줄 아는
빈 마음으로 살자

초판 1쇄 인쇄 2025년 12월 16일

초판 1쇄 발행 2026년 01월 02일

지은이 김성남

펴낸이 김양수

펴낸곳 도서출판 맑은샘

출판등록 제2012-000035

주소 경기도 고양시 일산서구 중앙로 1456 서현프라자 604호

전화 031) 906-5006

팩스 031) 906-5079

홈페이지 www.booksam.kr

블로그 http://blog.naver.com/okbook1234

이메일 okbook1234@naver.com

ISBN 979-11-5778-729-6(03800)